うさぎのマリーのフルーツパーラー

小手鞠るい●さく　永田 萠●え

講 談 社

「マリーさん、こんにちは」

ここは、うさぎのマリーさんのフルーツパーラーです。

お店《みせ》のまえには、ぎょうれつができています。

こぐまのジローくん、きつねのネネちゃん、たぬきのタントンくん、しまりすのきょうだい、こじかのきょうだい、やまねこくんに、のねずみちゃん。

ほかにも、まだまだいっぱい。

どうぶつたちはみんな、マリーさんのフルーツパーラーの、フルーツパフェが大《だい》すきなのです。

「いらっしゃいませ」

お店《みせ》のドアがあきました。

さて、きょうはいったい、どんなフルーツパフェが、とうじょうするのでしょうか。

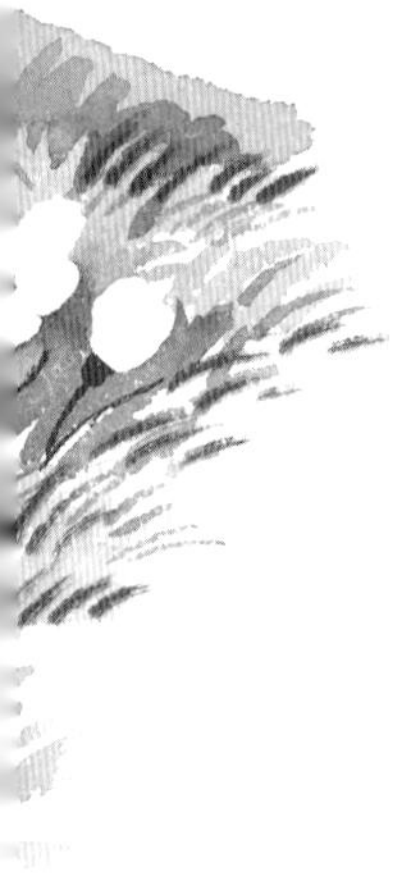

みんなは、きりかぶの
テーブルをかこんで、
きりかぶのいすに
すわっています。
マリーさんが、
「ほんじつのフルーツパフェ」を
はこんできてくれました。

「うわぁ！」

「おいしそう！」

「ほっぺがおちそう！」

「なんてきれいなんだろう！」

「女王《じょおう》さまのかんむりみたい」

「お日《ひ》さまと
お月《つき》さまとお星《ほし》さまが、
いっぺんに出《で》たみたい」

「マリーさん、このフルーツパフェのなまえは？」

にっこりわらって、マリーさんは、こたえます。

「きらきらフルーツのほうせきばこっていうの」

まるで、お日《ひ》さまのかけらみたいな、オレンジとパイナップル。ひかりをあびて、かがやくキウイ。

バナナは、三日月《みかづき》。

さくらんぼうは、赤《あか》と黄《き》いろのお星《ほし》さま。

きらきらフルーツのまんなかには、まっ白《しろ》な雲《くも》のソフトクリームがもくもく。

どこから、なにから、食《た》べたらいいのやら。

食《た》べるのがもったいないような、見《み》ているだけでうきうきしてくる、きらきらフルーツのほうせきばこです。

「さあ、めしあがれ」
マリーさんはやさしく、
声《こえ》をかけました。
「いただきます」
「いただきます」
「いただきます」
ひとくち食《た》べると、
こぐまのジローくんは、
お日《ひ》さまみたいににっこり。
ひとくち食《た》べると、

きつねのネネちゃんの
ほっぺとひとみは、
まんまるいお月《つき》さまに。
ひとくち食《た》べると、
たぬきのタントンくんの
笑顔《えがお》と心《こころ》は、
お星《ほし》さまみたいにきらり。

お日《ひ》さまがしずんで、あたりがだんだん、くらくなってきました。

「マリーさん、ごちそうさま。とってもおいしかったです」

「ありがとうございました」

さいごのおきゃくさんを見送《みおく》ったマリーさんは、お店《みせ》のかんばんをうらがえしにしました。

そこには、

「きょうのえいぎょうは、おわりました」

と、書《か》かれています。

「そろそろ、出《で》かけるじかんだわ」
マリーさんは、お店《みせ》をあとにして、あるきはじめました。
手《て》には、大《おお》きなバスケットをひとつ。
なかは、からっぽです。
いったいどこへ、出《で》かけるのでしょうか。
ついさっき、空《そら》にうかんだばかりのお月《つき》さまが、道《みち》をてらしています。

やがて、道《みち》のむこうに、
こんもりとした森《もり》が見《み》えてきました。
いろいろな木《き》がはえています。
せのたかさも、
みきのふとさも、いろいろ。
葉《は》っぱのいろも、
枝《えだ》のかたちも、いろいろ。

マリーさんは、森《もり》のなかへ入《はい》っていきました。
花《はな》をさかせている木《き》もあります。
木《き》の下《した》には、草《くさ》がはえています。
とちゅうで、谷川《たにがわ》をわたりました。
石《いし》には、こけがはえています。
どこまでもつづく、ふかい森《もり》です。
お月《つき》さまが雲《くも》のかげにかくれると、お星《ほし》さまが森《もり》をてらしてくれました。

ふたつにわかれた道《みち》のまえまであるいてくると、マリーさんは、立《た》ちどまりました。

さて、どっちへすすんだらいいのでしょうか。

「こっちよ」

どこかから、ささやくような声《こえ》がきこえてきました。

わかった、こっちだわ。

マリーさんは、声《こえ》のするほうへ、あるいていきました。

「こっちよ、こっちよ」

風《かぜ》にのって、声《こえ》がきこえてきます。

「こっちよ、こっちよ、こっちよ」

ひとつだった声《こえ》が、ふたつに、三つに、四つにふえていきます。

声《こえ》はまるで、空《そら》からふってくる、かわいらしい雨《あま》つぶのようです。

「こっちよ」

「あともうすこしよ」

まえからも、うしろからも、声《こえ》がきこえてきます。

マリーさんは、声《こえ》たちといっしょに、あるいていきます。いつのまにか、スキップをしていました。

「ここよ」

「ほら、見《み》て」

「こんなにいっぱい」

いっぱい？

マリーさんは、足《あし》をとめました。

見《み》あげると、そこには、一本《ぽん》の木《き》。

枝《えだ》という枝《えだ》についた、葉《は》っぱと葉《は》っぱのあいだから、
ピンク色《いろ》のまんまるい実《み》がのぞいています。

あそこにも、そこにも、ここにも。

木《き》のまわりにも、おちています。

「まあ、すももが、こんなにたくさん！」

マリーさんはおもわず、かん声《せい》をあげました。

なんて、おいしそうな、あまそうですっぱそうな、すももなんでしょう。

あんずやぶどうとくみあわせて、シャーベットの上《うえ》にのせてみようかな、それとも、こまかくきざんで、アイスクリームのなかに入《い》れてみようかな。

そんなことをかんがえながら、マリーさんは、すももをひろいあつめました。

手《て》をのばして、枝《えだ》の下《した》のほうになっている実《み》をもぎました。ていねいに、そっと。

バスケットは、あっというまに、いっぱいになりました。

枝《えだ》にはまだ、小鳥《ことり》たちのための実《み》がじゅうぶん、のこっています。
「ようせいさんたち、ありがとう」
「どういたしまして」
「さようなら、ありがとう!」
　マリーさんは、
ここまで道《みち》あんないを
してくれた、小《ちい》ちゃな
森《もり》のようせいたちに、
なんども「ありがとう」をいって、
森《もり》をあとにしました。

そうだ、こんや、すもものジャムをつくろう。やわらかいジャムをつくって、もものシャーベットとシャーベットのあいだに、はさんでみよう。その上《うえ》に、うすく切《き》ったあんずとすももを花《はな》びらみたいにかざりつけて、花《はな》のまんなかには、ぶどうの実《み》を。

このパフェのなまえは「花《はな》さくフルーツ・サンドイッチ」――。

みんなのよろこぶ顔《かお》がうかんできました。

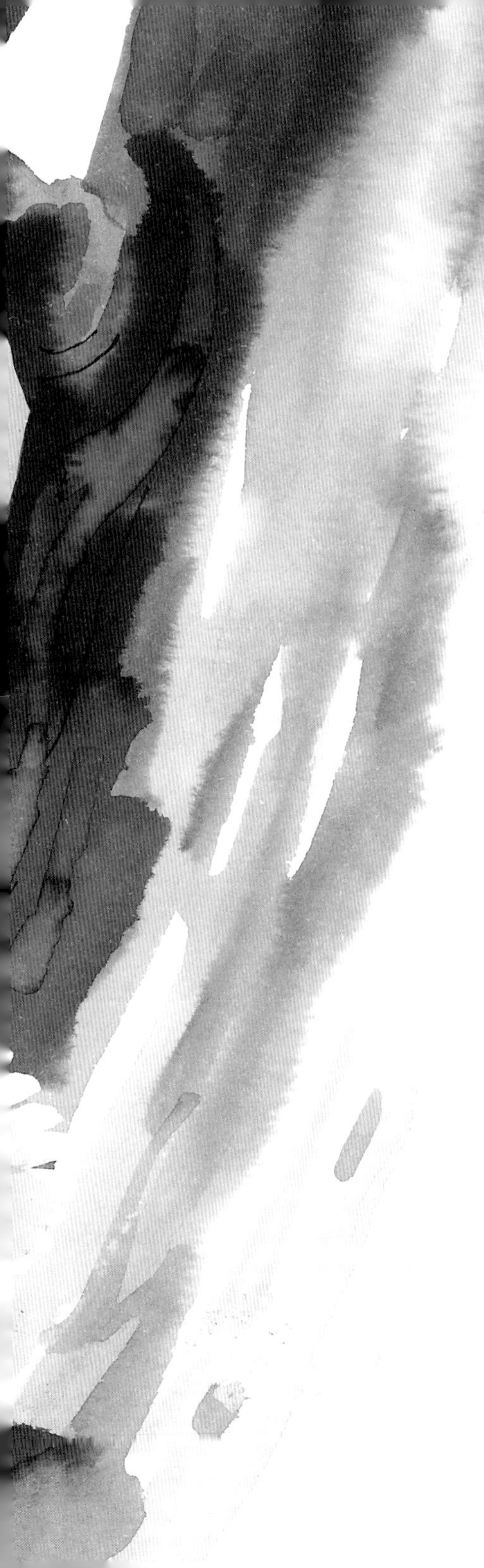

そのつぎの日《ひ》のことでした。

いつものように、マリーさんのフルーツパーラーをたずねてきた、こぐまのジローくんは、お店《みせ》のドアのまえで、ひとりごとをつぶやきました。

「おや？　どうしたんだろう」

そこへやってきた、きつねのネネちゃんも、首《くび》をかしげています。

「どうしたのかしら？　おかしいね」

ネネちゃんといっしょにやってきた、たぬきのタントンくんも、うなずきました。

「うん、おかしいね」

あとから、あつまってきたどうぶつたちもみんな、ふしぎそうな顔《かお》をしています。

しまったままのドアに「しばらくのあいだ、お休《やす》みします」と書《か》かれた、一まいのかみが、はりつけられてい

るではありませんか。
こんなことは、いままでに一度《いちど》もありませんでした。

「しばらくのあいだって、どれくらいのあいだなのかな？」

「またあした、きてみようか」

「そうだね、あしたになれば、またあいているかもしれない」

「あいていると、いいね」

みんなはあきらめて、それぞれのおうちへもどっていきました。

けれども、つぎの日《ひ》になっても、マリーさんのフルーツパーラーのドアは、しまったままでした。はりがみも、そのまま。

そのつぎの日《ひ》も、そのつぎの日《ひ》も、ドアはかたく、しまったままです。

「もしかしたら、マリーさんは、びょうきになってしまったんだろうか」

たぬきのタントンくんが、しんぱいそうにいいました。

「りょこうに、出《で》かけているんじゃないかしら」

きつねのネネちゃんは、あかるい声《こえ》で、そういいました。

「ちがうよ。びょうきでも、りょこうでもない」

そういったのは、こぐまのジローくんでした。

みんなはおどろいて、ジローくんのほうを見《み》ました。

「ぼくはゆうべ、森《もり》のおくで、マリーさんのすがたを見《み》かけたんだ」

「えっ、ほんと？」

「マリーさんはね、大《おお》きなバスケットを手《て》にもっていた。そのバスケットのなかには、りんごが山《やま》もりになっていた」

みんなは、顔《かお》を見《み》あわせました。

「だから、きょうはてっきり、シナモン味《あじ》のアイスクリームの上《うえ》に、りんごとくるみののっかった『アップルワルツ』が食《た》べられるんじゃないかって……」
「やきたてのワッフルに、やきりんごをそえた『りんごのマーチ』だったかもしれないね」
「ああ、マリーさんのりんごのタルトと、りんごのシャーベットが食《た》べたい」

「フルーツたっぷりのプリン・ア・ラ・モードも食《た》べたいな」
「りんごとなしとメロンのフルーツポンチも食《た》べたい」
「あたしは、チョコレートのたっぷりかかった、バナナのパフェがいいな」
「ぼくは、ソフトクリームといちごのパフェがいい」
「あしたこそ、お店《みせ》があくといいね」

その夜《よる》のことです。

ジローくんは、まえの日《ひ》のばんに、マリーさんのすがたを見《み》かけたばしょ――森《もり》のおくのほう――まで、行《い》ってみました。

「あ！　マリーさんだ！」

マリーさんは、きのうとおなじばしょで、じめんにおちているりんごの実《み》をひとつ、ひとつ、ひろって、バスケットのなかに入《い》れていました。

そして、バスケットがりんごでいっぱいになると、さらに森《もり》のおくへ、おくへとあるいていきます。

ジローくんは、マリーさんのあとから、ついていくことにしました。

マリーさんは、ふかい森《もり》のなかを、まようこともなく、あるいていきます。

いったい、どこへむかっているのでしょうか。

とうとう、森《もり》のはしっこまで、やってきました。
森《もり》をぬけたところには、岩山《いわやま》があります。
マリーさんは、岩山《いわやま》のふもとまでくると、ようやく足《あし》をとめました。
ジローくんも足《あし》をとめて、マリーさんのうしろすがたを見《み》つめました。
「あ！　マリーさんが消《き》えた！」
いいえ、消《き》えたのではありません。
マリーさんは、岩山《いわやま》のふもとにあった、どうくつのなかに入《はい》っていったのです。

いったい、あのどうくつのなかには、なにがあるのでしょうか。
ジローくんは、いきをひそめて、マリーさんが出《で》てくるのをまちました。
まっても、まっても、マリーさんは、出《で》てきません。
夜《よ》はふけていきます。
「ふわぁ、ねむい、ねむい」
ジローくんは大《おお》きなあくびをひとつ。
それから、ぐうぐう、ねむってしまいました。

はっと目《め》がさめたときには、朝《あさ》になっていました。

マリーさんはまだ、どうくつのなかにいるのでしょうか。

ジローくんも、入《はい》ってみることにしました。

「マリーさん、そこにいるの？　マリーさん」

声《こえ》をかけてみましたが、へんじはありません。

どうくつのおくへ、おくへと、ジローくんはすすんでいきました。

「ああっ！　こんなところに！」

そこにいたのは、マリーさんではありませんでした。

そこにいたのは、のうさぎのおかあさんと子《こ》どもたち。毛《け》のいろは、白《しろ》うさぎのマリーさんとはちがって、うす茶色《ちゃいろ》。

ふわふわの毛糸《けいと》の玉《たま》みたいな、しっぽのもちぬしです。

ひとり、ふたり、三人《にん》――

小《ちい》さな小《ちい》さな子《こ》どもたちは、八人《にん》きょうだい。

どの子《こ》もまだとても小《ちい》さくて、すえっこのうさぎは、赤《あか》ちゃんみたい。

子《こ》どもたちは、おかあさんのからだにくっついて、草《くさ》の上《うえ》で、たがいのからだをあたためあっています。

どうやら、このどうくつは、のうさぎたちのおうちのようです。

「のうさぎさん、だいじょうぶですか？」

ジローくんは、しんぱいそうな顔《かお》をして、のうさぎのおかあさんにたずねました。

なぜなら、おかあさんが、なんだかぐったりしているように見《み》えたからです。

のうさぎのおかあさんは、こたえました。

「ひどいかぜをひいてしまって、まだすこし熱《ねつ》があるんだけど、だいぶ、よくなりました。マリーさんのおかげです。すももの森《もり》で、うごけなくなっていたわたしを、マリーさんが見《み》つけて、たすけてくれて……」

そのつづきは、のうさぎの女《おんな》の子《こ》が話《はな》してくれました。

「マリーさんはママを、おうちまで送《おく》りとどけてくれたの。それから、おなかをすかせて泣《な》いていたあたしたちに、もぎたてのすももの実《み》をたくさん、食《た》べさせてくれたの」

「そうだったのか、それでつぎの日《ひ》からお店《みせ》をお休《やす》みにして……」

マリーさんは、びょうきになっているおかあさんを、いっしょうけんめい、かんびょうしていたんだな。この

子《こ》たちのために、まいにち、どうくつまで、食《た》べものを
とどけにきていたんだな。このふかふかの草《くさ》のベッドも
きっと、マリーさんがつくってあげたんだろう。

のうさぎの男《おとこ》の子《こ》がいいました。

「きのうも、おとといも、大《おお》きなバスケットに、りんごの実《み》をこんなにいっぱい。朝《あさ》にも、夜《よる》にも、お昼《ひる》にも」

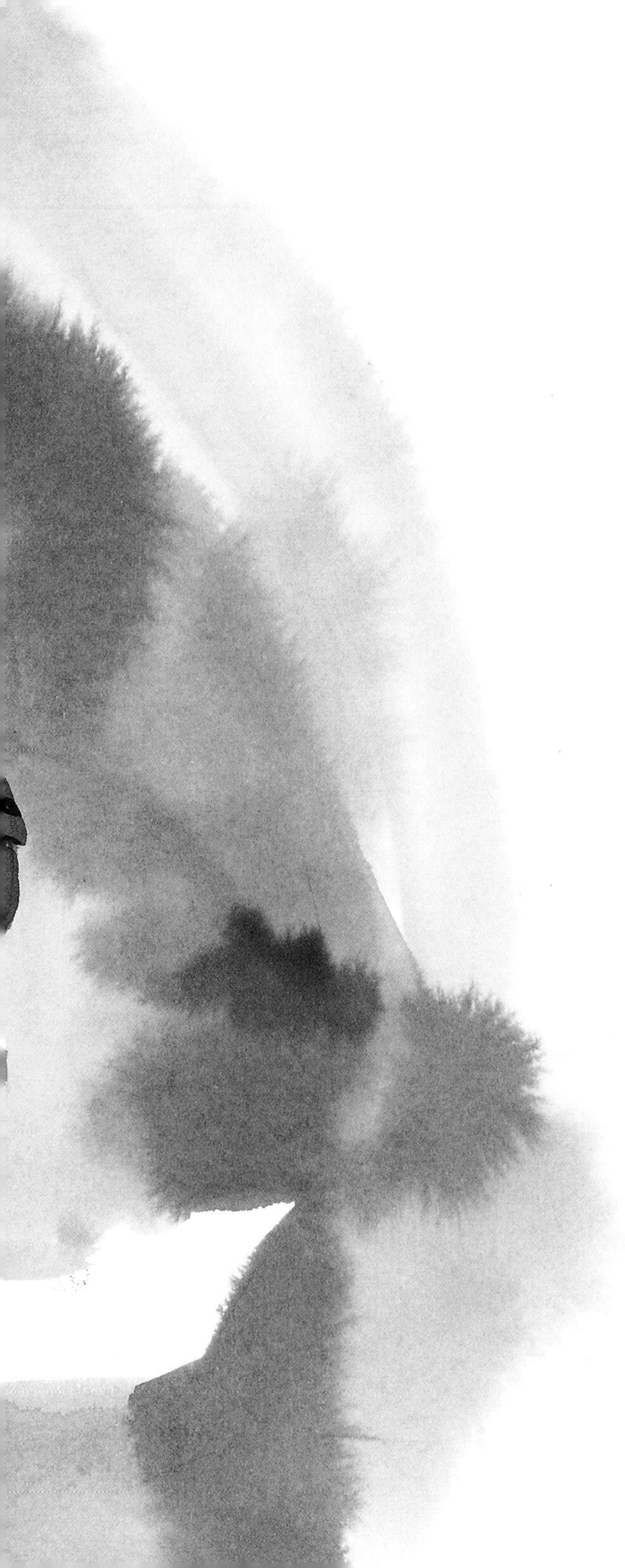

どうくつをあとにすると、ジローくんはまず、きつねのネネちゃんの家《いえ》をたずねました。

それから、たぬきのタントンくんの家《いえ》をたずねました。

「これからみんなで、草原《そうげん》へ行《い》こうよ」

と、ジローくんはふたりをさそいました。

ジローくんの話《はなし》をきいたふたりは、

「いいわよ、あたしも行《い》くわ」

「ぼくも行《い》くよ」

そういって、ジローくんといっしょに、かけだしました。

三人《にん》とも、大《おお》きな
バスケットをかかえています。
まっさおに晴《は》れあがった空《そら》。
マシュマロみたいな
雲《くも》がうかんでいます。
三人《にん》は、見晴《みは》らしのいい丘《おか》の
しゃめんにひろがっている
草原《そうげん》につきました。
　あたりいちめん、
お花《はな》がさきみだれています。

いいかおりのする
風《かぜ》がふいています。
草《くさ》がゆれています。
小鳥《ことり》の声《こえ》もきこえてきます。
だれかの口《くち》ぶえも、草《くさ》ぶえも。
この草原《そうげん》で、
三人《にん》はいったい、
なにをするつもりなのでしょう。

その日《ひ》の夕方《ゆうがた》のことです。

「そろそろ、ばんごはんのじかんだわ」

からっぽのバスケットを手《て》にして、森《もり》へ出《で》かけようとしていたマリーさんは、

「まあ！　なんてことでしょう」

と、小《ちい》さなさけび声《ごえ》をあげました。

お店《みせ》のドアのまえに、バスケットが三つ、なかよくならんでいるではありませんか。

どのバスケットも、フルーツや木《こ》の実《み》でいっぱい。

フルーツとフルーツのあいだに、お花《はな》や小枝《こえだ》や草《くさ》の葉《は》がかざられて、まるで「草原《そうげん》のフルーツパフェ」みたいです。

マリーさんは、草原《そうげん》のフルーツパフェのなかから、木《こ》の葉《は》を一まい、ぬきとりました。

そこには、こんなメッセージが書《か》かれていました。

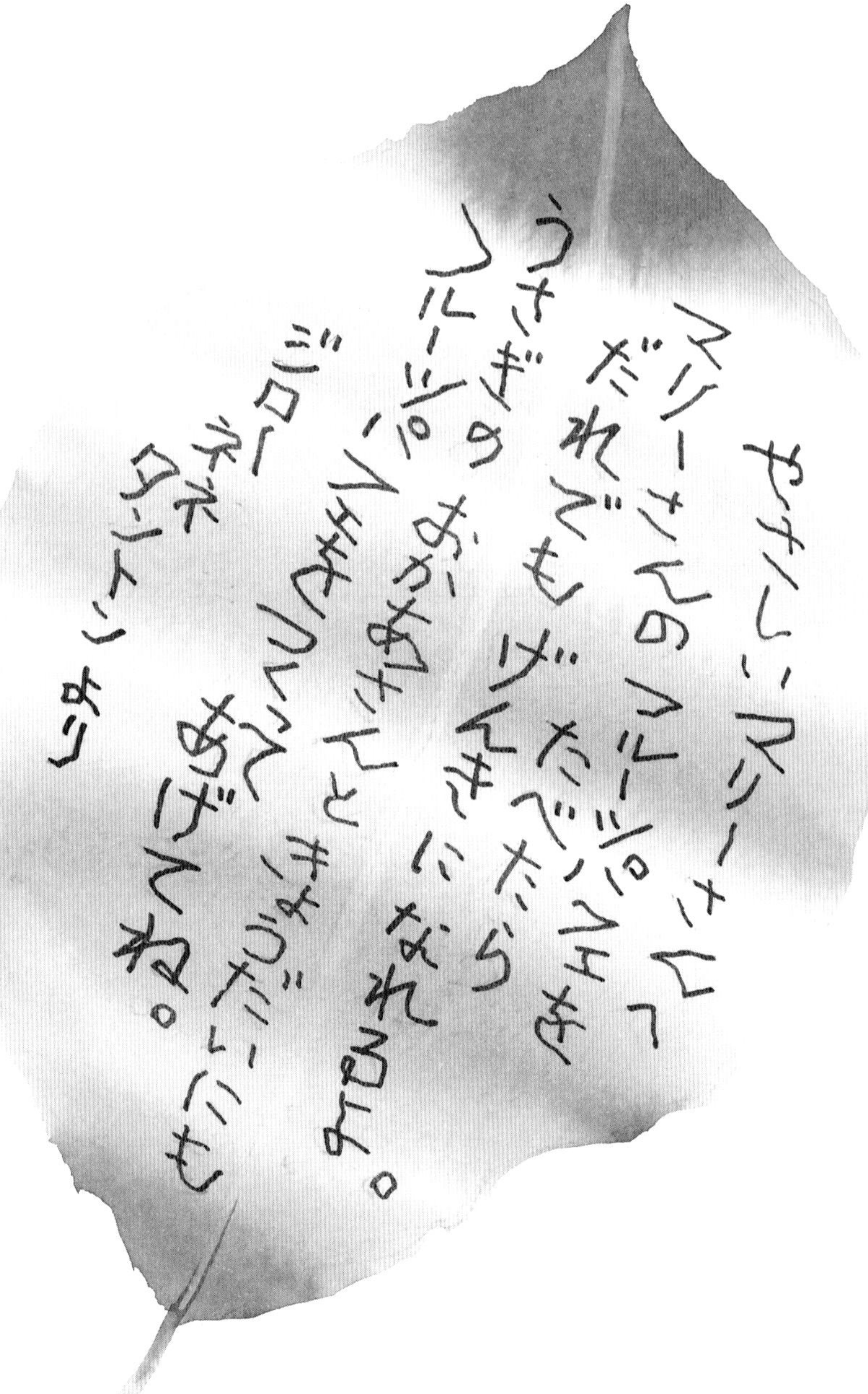
やさしいマリーさんへ
マリーさんのハーブスエを
だれでもたべたら
げんきになれるよ。
うさぎのおかあさんと
きょうだいにも
フループースエをりしって
あげてね。
ジロー
ネネ
タニイー
より

それから、十日《とおか》ほどがすぎた、ある日《ひ》のことです。

マリーさんのフルーツパーラーのまえには、ぎょうれつができています。

こぐまのジローくん、きつねのネネちゃん、たぬきのタントンくん、しまりすのきょうだい、こじかのきょうだい、やまねこくんに、のねずみちゃん。そして、すっかり元気《げんき》になった、のうさぎのおかあさんと、のうさぎの八人《にん》きょうだいたち。

さて、きょうはいったい、どんなフルーツパフェがとうじょうするのでしょうか。

小手鞠《こでまり》るい

小説家、詩人、児童文学作家

「詩とメルヘン」の編集長を務めていたやなせたかしに見出されて、詩集『愛する人にうたいたい』で1980年代に詩人として出発し、1993年「海燕」新人文学賞、2005年『欲しいのは、あなただけ』で島清恋愛文学賞、2009年絵本『ルウとリンデン 旅とおるすばん』(絵/北見葉胡)でボローニャ国際児童図書賞を受賞。児童書に『ねこの町のリリアのパン』『ねこの町のダリオ写真館』『見上げた空は青かった』、『くろくまレストランのひみつ』をはじめとする森のとしょかんシリーズ、『きみの声を聞かせて』など、小説に『美しい心臓』『アップルソング』『星ちりばめたる旗』『炎の来歴』など、エッセイ集に『優しいライオン やなせたかし先生からの贈り物』など多数。1956年岡山県生まれ。ニューヨーク州ウッドストック在住。永田萠さんとは40年来の大親友。

永田《ながた》 萠《もえ》

イラストレーター、絵本作家

「カラーインクの魔術師」と呼ばれる類いまれな色彩感覚と、花と妖精をテーマにした夢あふれる作風で、画業40年を経た今も第一線で活躍。160冊を超える著書を出版し、広告や商品等のコマーシャルアートの仕事と両立。国際淡路花博公式ポスター、マスコットなど公共機関への作品提供の他、切手制作も39種を手がけた。1987年、エッセイ画集『花待月に』で、ボローニャ国際児童図書展グラフィック賞を受賞。1991年京都府あけぼの賞、2009年兵庫県芸術文化賞受賞。2016年京都市こどもみらい館館長、2018年姫路市立美術館館長に就任。兵庫県生まれ、京都市在住。著書に『うみのいろのバケツ』(文/立原えりか)、『永田萠 ART BOX 夢みるチカラ』など多数。

シリーズマーク/いがらしみきお
ブックデザイン/脇田明日香

この作品は書き下ろしです。

わくわくライブラリー

うさぎのマリーのフルーツパーラー

2018年6月 4 日 第1刷発行
2022年4月20日 第4刷発行

作 小手鞠《こでまり》るい
絵 永田《ながた》 萠《もえ》

発行者 鈴木章一
発行所 株式会社講談社
〒112-8001
東京都文京区音羽2-12-21
電 話 編集 03-5395-3535
販売 03-5395-3625
業務 03-5395-3615
印刷所 株式会社精興社
製本所 島田製本株式会社

KODANSHA

N.D.C.913 79p 22cm ISBN978-4-06-195796-1